Miedos y manías

Editorial Bambú es un sello
de Editorial Casals, S. A.

© 2011 Lluís Farré, para el texto
© 2011 Mercè Canals, para las ilustraciones

© 2011 Editorial Casals, S.A.
Tel.: 902107007
www.editorialbambu.com
www.bambulector.com

Diseño de la colección: Miquel Puig

Primera edición: septiembre de 2011
ISBN: 978-84-8343-156-6
Depósito legal: B-25457-2011
Printed in Spain
Impreso en Índice, S. L.
Fluvià, 81-87. 08019 Barcelona

Cualquier forma de reproducción, distribución, comunicación pública o transformación de esta obra solo puede ser realizada con la autorización de sus titulares, salvo excepción prevista por la ley. Diríjase a CEDRO (Centro Español de Derechos Reprográficos, www.cedro.org) si necesita fotocopiar o escanear algún fragmento de esta obra (www.conlicencia.com; 91 702 19 70 / 93 272 04 45).

MIEDOS Y MANÍAS

Lluís Farré
texto

Mercè Canals
ilustraciones

EDITORIAL

Rita, además de una mamá, un papá y una abuela Lola de ochenta y nueve años, tenía un montón de colecciones de cosas que se pueden coleccionar: caracolas y piedrecitas de la playa, botones, flores y hojas secas, plumas de pájaro y envoltorios de chicle. Y miedos, manías y mucha vergüenza.

Guardaba sus caracolas y piedrecitas de la playa en botes de cristal. Las flores, las hojas secas y las plumas de pájaro, en cajas de zapatos. Los botones y los envoltorios de chicle, en unas carpetas especiales para botones y envoltorios de chicle.

Los miedos, las manías y la vergüenza, los llevaba todos colgados de su espalda.

De caracolas y piedrecitas de playa tenía media docena de botes llenos.

Las flores, las hojas secas y las plumas de pájaro llenaban una caja de botas de agua del padre, una de sandalias de la madre, y la mitad de una de pantuflas de andar por casa de la abuela Lola. De carpetas especiales para botones y envoltorios de chicle, tenía cinco.

Lo que llevaba colgado de la espalda no se podía ni contar, de tanto amontonamiento. Era su colección más voluminosa. ¡Y lo que pesaba! Por eso Rita siempre iba doblada y arrastraba los pies al andar.

Su nariz le parecía demasiado grande, comparada con la de su amigo Tomás. Demasiado chata, sin embargo, al lado de la de la señorita Asunción. Y mucho más redonda que la de la vecina del quinto. ¡Un desastre de nariz, vamos!

La abuela Lola, en cambio, siempre la besuqueaba y le decía que un día de esos se la comería, de lo bonita que era.

Su voz le parecía como, no sé, como oxidada; pensaba que no era la voz de una niña, y que seguro que daba pena. Y cuando el profesor de música le pedía que cantara notas muy altas, imaginaba a todo el mundo pensando que más que una niña parecía una urraca chillona. Pronto aprendió a hacer *playback* y así nadie le hacía ningún comentario sobre su voz.

A la abuela Lola, sin embargo, le gustaba muchísimo que Rita le leyera el periódico en voz alta.

Cuando iba al parque a jugar, le entraban todos los miedos del mundo:

¿Y si al llegar descubría que no había nadie? Se sentiría más sola que la una.

¿Y si estaba lleno de niños, pero no querían jugar con ella? Se sentiría aún más sola. ¡Más sola que la una y media!

Y si la querían… ¿qué pasaría si no lo hacía suficientemente bien? Seguro que se reirían de ella y la echarían.

Pero… ¿y si lo hacía demasiado bien? ¡Entonces seguro, segurísimo, que le tendrían envidia, se enfadarían, y también la echarían!

La abuela Lola siempre le decía que si no le daba el sol, aquella piel suya tan bonita se le desluciría. ¡Y que se le llenaría de moho!

Pero, por encima de todas esas cosas y muchas más, lo que más miedo le daba a Rita era que la abuela Lola de ochenta y nueve años se muriera.

Y la abuela Lola se murió. Un lunes. Mientras dormía la siesta.

Se derramaron muchísimas lágrimas. Aunque luego, recordándola, la gente sonreía. Hablaban de sus colecciones y sonreían.

Y es que la abuela Lola había coleccionado piedras de formas curiosas, fotos de ovejas, sobrecitos de azúcar y lápices gastados.

¡En cambio, de miedos o manías, ni uno!

La abuela Lola tenía el pelo largo hasta los pies, y cada día se lo peinaba de una forma diferente, según se levantara. Y le daba igual oír como algunas vecinas comentaban que a su edad, algo más corto y arregladito era mucho más serio y adecuado.

¡Rita podía pasarse horas enteras peinando aquel pelo tan fabuloso!

Tampoco le importaba que le dijeran que ya no era una nena para llevar camisas de colores y faldas floreadas. Ni que cuando se arremangaba los pantalones para montar en bici pareciera un pescador a punto de cruzar un río.

Cuando no la veía nadie, Rita también se arremangaba los suyos para montar en patinete.

A ratos, la abuela Lola se iba a caminar sola o a leer sola bajo un árbol, o a recordar sola al abuelo José.

Y Rita se enfadaba muchísimo cuando oía a alguien decir que quizás a Lola ya se le estaba yendo un poco la cabeza.

A ratos, la abuela Lola se encontraba con su pandilla para ir a practicar un poco de yoga.

¡Y Rita siempre pensó que era la mejor!

O para ensayar la obra de teatro que cada año montaban por Navidad. Y, a pesar de los años, y que no se habría perdido ni una por nada del mundo, ¡a Rita siempre le parecía que lo hacía fatal!

Por todo eso, porque sin miedos, manías ni vergüenza, la abuela Lola había hecho todo lo que había querido y más, cuando murió, su recuerdo hacía que a toda la gente que llenaba la casa se le dibujara una sonrisa en la cara. E incluso a Rita.

Después de despedir al último amigo de la abuela Lola, Rita corrió a su habitación. Y se diría que, a cada zancada que daba, algunos de los miedos que colgaban de su espalda resbalaban y rodaban escalera abajo. Se plantó delante de su armario y se puso los pantalones naranja y la camiseta verde que nunca estrenó por miedo a que le dijeran que parecía una zanahoria gigante.

Y con el cambio de ropa, parece ser que algunas manías cayeron por el suelo y la vergüenza fue a parar al fondo del armario.

Se miró en el espejo, sonriente, y se fue al parque.

43

¡Y sus pies no tocaban el suelo, de tan ligera como iba!

Bambú Primeros lectores

El camino más corto
Sergio Lairla

El beso de la princesa
Fernando Almena

No, no y no
César Fernández García

Los tres deseos
Ricardo Alcántara

El marqués de la Malaventura
Elisa Ramón

Un hogar para Dog
César Fernández García

Monstruo, ¿vas a comerme?
Purificación Menaya

Pequeño Coco
Montse Ganges

Daniel quiere ser detective
Marta Jarque

Daniel tiene un caso
Marta Jarque

El señor H
Daniel Nesquens

Miedos y manías
Lluís Farré

Bambú Enigmas

El tesoro de Barbazul
Àngels Navarro

Las ilusiones del mago
Ricardo Alcántara

La niebla apestosa
Joles Sennell

Bambú Jóvenes lectores

El hada Roberta
Carmen Gil Martínez

Dragón busca princesa
Purificación Menaya

El regalo del río
Jesús Ballaz

La camiseta de Óscar
César Fernández García

El viaje de Doble-P
Fernando Lalana

El regreso de Doble-P
Fernando Lalana

La gran aventura
Jordi Sierra i Fabra

Un megaterio en el cementerio
Fernando Lalana

S.O.S. Rata Rubinata
Estrella Ramón

Los gamopelúsidas
Aura Tazón

El pirata Mala Pata
Miriam Haas

Catalinasss
Marisa López Soria

¡Ojo! ¡Vranek parece totalmente inofensivo!
Christine Nöstlinger

Sir Gadabout
Martyn Beardsley

Sir Gadabout, de mal en peor
Martyn Beardsley

Alas de mariposa
Pilar Alberdi